FEST-ZELT

Deutsch 664 47611

Ach du Schreck, der Hund ist weg!

Bilder von Dieter Büsch
Text von Gisela Fischer

Pestalozzi-Verlag, D 8520 Erlangen

Martin und Ute wollen für ihren kleinen Bruder
ein Spielzeug kaufen.
„Ob er sich über ein Auto freut?" fragt Martin.
„Oder ob er lieber einen neuen Ball hätte?"
Aber Ute hört ihm gar nicht zu.

„Sieh mal den Mann mit der Mütze",
flüstert sie aufgeregt.
„Er hat den kleinen Hund einfach losgehakt!
Er nimmt ihn mit, der Dieb!
Los, laufen wir hinter ihm her!"

Rumms! Bumms! – stoßen zwei Fahrzeuge zusammen.
Im Nu scharen sich Neugierige um die zerbeulten Autos.
„Wir müssen dem Dieb unbedingt dicht auf den
Fersen bleiben", sagt Martin.
„Sonst entwischt er uns."

Ute fragt aufgeregt: „Siehst du ihn noch?"
„Na klar", beruhigt Martin die Schwester.
„Seine Mütze verschwindet gerade im Kaufhaus.
Jetzt aber nichts wie hinterher,
damit wir ihn nicht aus den Augen verlieren!"

Suchend blicken sich die Kinder im Kaufhaus um.
Sie laufen zwischen den Verkaufstischen
hin und her.
Wo ist nur die Mütze, die den Dieb verrät?
Ute und Martin können sie nirgends entdecken.

„Wie dumm, wir haben ihn verloren", schimpft Ute.
Da hört Martin, wie Dosen laut scheppernd
zu Boden fallen.
Er dreht sich nach dem Lärm um – und ruft:
„Da! Da drüben ist er ja!" Er zeigt zur Rolltreppe.

Ute und Martin sind hinter dem Mann
die Treppe hinauf gehastet.
Was er wohl vorhat? Aha, er geht in die Zooabteilung.
„Eine Leine für meinen Hund, bitte“,
hören sie ihn sagen.

„Hilfe! Mäuse!" schreit eine Frau entsetzt.
Wie kann man nur solche Angst vor Mäusen haben?!
Ute und Martin lachen.
Sie achten gar nicht mehr auf den Hundedieb.
Zu spät bemerken sie, daß er verschwunden ist.

Noch lange haben die Kinder im Kaufhaus nach dem Mann mit der Mütze gesucht.
Doch leider konnten sie ihn nicht finden.
Traurig sagt Martin: „Schade, ich hätte den kleinen Hund gern seinem Frauchen oder Herrchen zurückgebracht!“

Auf dem Marktplatz drängen sich die Menschen.
Wie wollen die Kinder hier den Dieb finden?
Auf einmal zupft Ute den Bruder am Ärmel.
„Martin, sieh mal den Mann dort an der Wurstbude!
Ist er das nicht?“

Da haben die Kinder aber Glück gehabt!
Nun lassen sie den Hundedieb nicht mehr
aus den Augen.
Auf dem Marktplatz und im Kaufhaus war das schwierig.
Doch hier im Park können sie ihm leicht folgen.

„Er guckt dauernd auf die Uhr", bemerkt Ute.
„Als ob er es eilig hätte",
stimmt ihr Martin zu.
Der kleine Hund darf kaum schnuppern.
Dauernd zerrt der Mann ihn an der Leine weiter.

Plötzlich geht Ute und Martin ein Licht auf.
Der Mann steuert auf den Bahnhof zu.
Deshalb hat er so oft auf die Uhr geschaut!
„Schnell, Ute, wir müssen herauskriegen,
wohin er fährt!" ruft Martin.

„Zwei Fahrkarten nach Kleinhausen", hören sie den Mann sagen. „Ein Erwachsener und ein Hund." Da kündigt der Lautsprecher auch schon die Abfahrt des Zuges nach Kleinhausen an. Der Mann mit dem Hündchen rennt los.

Auch Martin und Ute flitzen zum Bahnsteig.
Noch ein paar Stufen, dann sind sie da.
Schon ertönt der Pfiff zur Abfahrt.
Der Mann mit der Mütze steigt ein.
Ob Ute und Martin es auch noch schaffen?

Sie haben Glück.
Einem Reisenden ist in der Eile der Koffer aufgeplatzt.
Der nette Zugführer wartet auf den Mann.
Schließlich wird das Zeichen zur Abfahrt gegeben –
und der Zug fährt wirklich ab.

Die Kinder haben in demselben Abteil wie
der Hundedieb einen Platz gefunden.
Plötzlich fährt ihnen der Schreck in die Glieder,
denn der Schaffner kommt und ruft:
„Die Fahrkarten, bitte! Kontrolle!"

Oje! Ute und Martin haben ja gar keine!
Gut, daß die Frau in ihrem Abteil so lange
nach ihrer Fahrkarte suchen muß!
Schon ertönt es draußen: „Kleinhausen!“
Blitzschnell steigen die Kinder aus.

Auf dem Platz vor dem Bahnhof von Kleinhausen
ist Kirmes. Auch das noch!
Ob der Dieb zu guter Letzt doch noch entwischt?
Aber Kleinhausen ist klein.
Und so ist auch die Kirmes klein.

Bald haben die Kinder den Mann mit der Mütze
zwischen den Buden ausfindig gemacht.
Doch dann, auf der Straße, müssen sie vorsichtig sein.
Der Dieb soll sie ja nicht entdecken.
Darum folgen ihm die Kinder in großem Abstand.

Der Hundedieb grüßt die Leute, die ihm begegnen.
Ob er wohl in Kleinhausen wohnt? Tatsächlich!
Er schließt die Tür von Haus Nummer vier auf.
„Jetzt rufen wir aber schnell die Polizei an",
sagt Ute. Gesagt, getan.

„Hallo, hier spricht Ute Becker.
Mein Bruder und ich haben einen Dieb verfolgt.
Er hat in Großhausen einen kleinen Hund gestohlen.
– Was? Das wissen Sie schon? – Ja, er wohnt hier.
In Kleinhausen, Wiesenstraße 4. – Ja, gut, bis gleich."

Mit „Ta-tü-ta-ta" kommt das Polizeiauto angebraust.
Zwei Polizisten stürmen zum Haus des Hundediebes.
Eine Frau ist mit ihnen gekommen.
Freudig springt der kleine Hund ihr entgegen.
„Mein Liebling!" ruft sie strahlend.

„Das habt ihr gut gemacht!" lobt ein Polizist die Kinder. Die Frau bedankt sich vielmals und sagt: „Darf ich euch zur Belohnung zum Kuchenessen einladen?" Freudig sagen Ute und Martin: „Ja, gern." Eine Belohnung haben sie sich auch wirklich verdient, oder?

KLEINHAUSEN
KASPERL
BAHNHOF
KAUFHAUS
KONDITOREI